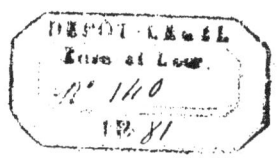

BIBLIOTHÈQUE NATIONALE.

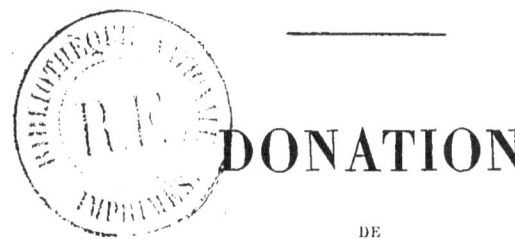

DONATION

DE

M. PAUL-ÉMILE GIRAUD

DÉVELOPPEMENT D'UN RAPPORT DE M. L. DELISLE, .

INSÉRÉ AU *JOURNAL OFFICIEL* DU 13 SEPTEMBRE 1881.

PARIS

NOVEMBRE 1881.

Ⓒ

DONATION

DE

M. PAUL-ÉMILE GIRAUD

De toutes les grandes collections de livres manuscrits ou imprimés, formées en France au moyen âge et dans les temps modernes, il en est peu qui ne soient représentées à la Bibliothèque nationale par des morceaux importants qui rappellent le nom et attestent le goût des bibliophiles les plus érudits et les plus délicats. Pour une notable partie, c'est par suite de donations que ces respectables débris sont venus trouver un inviolable asile dans un établissement où de tous les points de l'Europe se donnent rendez-vous les amis des lettres, des sciences et des arts. Il y a là un ensemble de nobles traditions qui n'ont jamais été interrompues, et qui, Dieu merci, ne sont pas à la veille de s'éteindre. Je ne parle pas seulement des riches cabinets, comme ceux du cardinal de Bourbon, des frères Dupuy, du comte de Béthune et de Gaston, duc d'Orléans, qui sont arrivés tout entiers à la Bibliothèque du roi et qui ont si largement contribué à en asseoir la réputation sur des bases inébranlables.

A côté de ces grands fondateurs doivent être cités des bienfaiteurs plus modestes, mais non moins méritants, qui, par d'intelligentes donations, se sont créé des droits à la reconnaissance publique. Tels sont ceux qui, pour combler des lacunes dans les collections nationales, ont assuré à la Bibliothèque la possession de séries d'ouvrages, ou même simplement de volumes isolés, souvent uniques et toujours très rares, qu'ils ont eu la bonne fortune de se procurer et dont ils ont reconnu et parfois démontré l'importance.

C'est ainsi que le regretté Benjamin Fillon, dans son avant-dernière visite à la Bibliothèque nationale, nous laissa un petit volume, au premier abord tout à fait insignifiant, mais sur le titre duquel il avait découvert la signature, jusqu'alors inconnue, du célèbre graveur Marc-Antoine Raimondi [1].

A peu près en même temps, M. Guillaume Guizot nous offrait le plus rare des ouvrages de la bibliothèque de son illustre père : un recueil de documents très précieux pour l'histoire diplomatique du règne de Louis XIV, dont aucun autre exemplaire n'existe sans doute en France; il est intitulé : « Négociations de M. le comte d'Avaux en Irlande, 1689-1690. » C'est un volume in-octavo de 13 et 756 pages, dont l'origine est ainsi indiquée par une note autographe de M. Guizot : « Ce volume m'a été donné par lord Aberdeen, qui en avait fait faire le travail par son fils Arthur Gordon, alors àgé de seize ans. Il n'en a été tiré que dix exemplaires. Haddo-House, 13 août 1858. »

Tout récemment, un amateur anglais, M. le docteur Samuel Crompton, de Manchester [2], nous adressait un bel exemplaire du Strabon de 1620, relié aux armes et au chiffre de Louis XIII, en y joignant une lettre qui augmentait encore le prix du cadeau : « J'ai l'honneur, écrivait-il le 7 juillet 1881, de vous envoyer un exemplaire du Strabon de 1620, au chiffre de Louis XIII, pour être déposé à la Bibliothèque nationale. Je regrette beaucoup que la reliure, jadis si magnifique, ait tant souffert; mais j'espère qu'un de vos relieurs si habiles pourra lui rendre un peu de son premier éclat. Je vous assure, monsieur, qu'il me fait grand plaisir de rendre à la France cet intéressant exemplaire d'un livre dont l'imprimerie et l'érudition française doivent s'enorgueillir avec tant de raison. »

Il y a quelques jours, en passant à Caen, je recevais de M. Châtel, archiviste du Calvados, un livret gothique de six feuillets in-quarto, imprimé sur vélin, à Rouen selon toute apparence, vers l'année 1510, et contenant différentes pièces relatives à l'histoire de l'ordre des Frères mineurs [3].

Ces exemples, dont il serait facile de multiplier le nombre, font voir comment des bibliophiles, sans diminuer sensiblement la valeur de leurs collections, peuvent en détacher des volumes qui figurent sur les rayons de la Bibliothèque nationale avec autant d'honneur pour le donateur que de profit pour le public.

Au moyen âge, certains statuts synodaux recommandaient aux fidèles de ne pas faire leur testament sans y consigner un legs de quelques

1. Voyez à ce sujet une notice de M. Fillon, intitulée : *Nouveaux Documents sur Marc-Antoine Raimondi.* Paris, 1880, in-4°. Extrait de la *Gazette des beaux-arts*.

2. Le même amateur a donné en 1880 à l'observatoire de Paris une photographie et une aquarelle du portrait authentique de Tycho-Brahé, qu'il possède dans son cabinet.

3. Ce livret forme aujourd'hui le n° 2858 de la série des vélins.

deniers pour l'œuvre de la cathédrale du diocèse. Pourquoi nos bibliophiles ne se feraient-ils pas une obligation de laisser à la métropole des
bibliothèques françaises un volume choisi dans leurs cabinets, parmi
les livres dont l'équivalent n'existerait pas dans les collections nationales ? Ne serait-ce pas un excellent moyen d'associer le souvenir de
leurs noms, de leurs goûts et de leurs travaux à l'existence d'un dépôt
cher aux lettrés du monde entier ?

Une telle pratique finirait par donner des résultats considérables. Que
serait-ce si, de temps à autre, la Bibliothèque recevait des séries formées avec une préoccupation particulière et en vue d'une étude déter-
minée, ou bien encore si elle était mise à même de prélever dans de
riches collections les articles qu'elle aurait des raisons spéciales de con-
voiter ?

Dans ce dernier ordre d'idées, un bel exemple fut donné, il y a plus
d'un siècle, par Camille Falconet, qui, au mois de décembre 1742,
« supplia le roi d'accepter tous les livres de son cabinet qui ne se trou-
veroient pas dans la bibliothèque de Sa Majesté, ne s'en réservant que
l'usage pendant sa vie. »

Une pensée analogue est venue tout dernièrement à l'esprit d'un
homme dont les travaux historiques ont obtenu un légitime succès et
dont la longue carrière a été remplie de bonnes actions de toute espèce.
M. Paul-Émile Giraud, ancien député de la Drôme, auteur d'une Histoire de Romans [1] couronnée en 1867 par l'Académie des inscriptions et
belles-lettres, a mis plus d'un demi-siècle à former une bibliothèque qui
a été le charme de sa vie, et qui, après lui avoir fourni les principaux
éléments de ses compositions historiques, a été le premier atelier dans
lequel s'est exercé l'un des bibliographes les plus érudits de notre
époque, M. l'abbé Ulysse Chevalier.

C'est à cette bibliothèque qu'on doit la conservation d'un texte fonda-
mental pour l'histoire du Dauphiné : le cartulaire de Saint-André-le-
Bas de Vienne, dont l'original a été détruit, le 5 janvier 1854, dans
l'incendie de la bibliothèque de Vienne, mais dont M. Giraud avait eu
l'heureuse idée de faire exécuter une copie complète, qu'il collationna
lui-même et qui a permis à M. l'abbé Ulysse Chevalier d'en donner une
très bonne édition en 1869 [2].

Il y a bientôt trente ans que j'eus l'honneur et l'avantage d'être mis

1. *Essai historique sur l'abbaye de Saint-Barnard et sur la ville de Romans.*
Première et deuxième partie. Paris, Louis Perrin. 1856 et 1866. Quatre volumes
in-8°, auxquels s'ajoute un volume supplémentaire, imprimé à Lyon en 1869 :
*Complément textuel du Cartulaire, faisant suite aux preuves de la première
et de la deuxième partie.*

2. *Cartulaire de l'abbaye Saint-André-le-Bas de Vienne*, publié par l'abbé
C.-U.-J. Chevalier. Vienne et Lyon, 1869. In-8° de xliii, 368 et 44 pages.

en rapport avec M. Giraud par son collègue et ami Auguste Le Prévost. Depuis lors il m'a été donné d'entretenir avéc lui une correspondance dont j'ai tiré le plus grand profit. Au mois de juillet dernier, il voulut bien m'informer qu'il avait recueilli deux exemplaires du bréviaire imprimé à Lyon en 1612 pour l'église de Saint-Barnard de Romans, et qu'il mettait à ma disposition le meilleur de ces exemplaires, si, comme il le croyait, ce livre manquait à la série liturgique de la Bibliothèque nationale.

En acceptant avec empressement une aussi gracieuse proposition, j'eus l'occasion de signaler à M. Giraud certaines lacunes dans les collections de la Bibliothèque et de l'entretenir des ressources que présente, pour combler ces lacunes, l'examen des collections provinciales. Par le retour du courrier je recevais, avec le bréviaire de 1612, un beau registre in-folio, contenant le catalogue de la bibliothèque de M. Giraud.

Il serait difficile de dire avec quel intérêt, mon collègue M. Thierry-Poux et moi, nous lûmes ce catalogue, aussi curieux par la qualité des livres mentionnés que par l'originalité des notes et des appréciations du collectionneur. A chaque page nous y trouvions l'empreinte d'une véritable expérience bibliographique, et comme le reflet d'une vie consacrée à l'histoire et aux progrès moraux et économiques d'une partie du Dauphiné [1].

Mais, en dépouillant ce catalogue, nous nous préoccupions avant tout d'y relever les principaux articles pour nous assurer si la Bibliothèque nationale en possédait l'équivalent. En dernière analyse, M. Thierry dressa une liste d'une quarantaine d'ouvrages dont l'acquisition lui semblait plus particulièrement désirable. Je transmis cette liste à M. Giraud, avec la pensée que cet amateur, aussi généreux qu'éclairé, songerait à nous léguer plusieurs des volumes dont je lui donnais l'indication. Mon ambition ne pouvait pas aller au delà. Quelle ne fut donc pas ma surprise en ouvrant une lettre, datée du 9 août, dans laquelle M. Giraud s'exprime ainsi :

« Votre lettre du 26 juillet dernier m'informe que vous et M. Thierry vous avez passé ces jours derniers à lire attentivement mon catalogue et à le comparer avec vos collections. Il est résulté de ce travail une liste d'une quarantaine d'articles, dont la possession, dites-vous, est éminemment désirable pour la Bibliothèque nationale. C'est une série à laquelle vous paraissez attacher une grande importance. C'est un motif pour moi de faire tout mon possible pour réaliser au plus tôt vos espérances. Aussi, au lieu de renvoyer à l'avenir la jouissance de la Biblio-

---

1. Nous avons un résumé de cette vie, tracé avec une touchante simplicité, dans le volume intitulé *la Correspondance de M. Paul-Émile Giraud, ancien député de la Drôme, avec quelques hommes de lettres, précédée de sa biographie.* Lyon, 1872. In-8°.

thèque nationale, comme j'en avais le projet, en lui léguant après moi la liste que vous avez dressée, je me décide à lui en faire don immédiatement... Pour l'exécution de ce plan, je me suis servi de la liste des ouvrages que vous avez dressée. J'ai réuni de la sorte tous les volumes qui y sont compris. Je les ai fait placer dans une caisse, en les entourant de toutes les précautions convenables, et je vous les ai adressés. »

La caisse ainsi annoncée arrivait à la Bibliothèque nationale le 11 août. Elle contenait tous les ouvrages choisis par M. Thierry, et dont voici la liste :

I. ALBERT. — Histoire géographique, naturelle, ecclésiastique et civile du diocèse d'Embrun, par M. *** bachelier en droit canonique et civil de la Faculté de Paris et docteur en théologie. Tome I. 1783. In-8°.

Histoire ecclésiastique du diocèse d'Embrun, pour servir de continuation à l'Histoire générale du diocèse, par M. *** bachelier en droit... 1783. In-8°.

La Bibliothèque nationale n'en avait qu'un exemplaire incomplet.

II. ALEXIS DE SAINT-LO (Le P.). — Relation du voyage du Cap-Vert, fait par le R. P. Alexis de Saint Lo et P. Bernardin de Renouard, capuchins. Rouen, David Ferrand. 1637. In-8°.

Fait partie d'un recueil qui a appartenu au président François Gourreau et qui contient, en outre, les deux ouvrages suivants :

Histoire du cardinal Ximenès. Paris, Joseph Bouillerot. 1631. In-8°.

La république des Suisses... décrite en latin par Josias Simler de Zurich et nouvellement mise en françois. Pour Antoine Chupin et François Le Preux. 1577. In-8°.

III. ANIANUS (Magister). — Compotus manualis magistri Aniani, cum familiarissimo Jacobi Marsi Delphinatis commentario, cumque magistri Nicolai Bonespei kalendario, et cerei paschalis tabula, aliisque multis pro ipsius noticia conducibilibus, nuper editus. Venalis est in aedibus m. Nicolai de Barra, sub signo divi Joannis Baptistæ, e regione collegii Longobardorum.

(A la fin :) Impressum est Parrhisiis, in ædibus m. Nicolai de Barra, octavo idus Martias 1519. In-4°.

IV. AVIGNON. — Statuts de la cité d'Avignon, avec la convention d'icelle, en latin et françois... En Avignon, de l'imprimerie de J. Bramereau. 1617. In-4°.

V. BOULE (Gabriel). — Histoire naturelle ou relation exacte du vent particulier de la ville de Nyons en Dauphiné, dit le Vent de Saint-Césarée d'Arles et vulgairement le Pontias, en laquelle sont insérées plusieurs Remarques curieuses de la Géographie et de l'Histoire ecclésiastique, civile et naturelle, et notamment diverses Merveilles de certains vents topiques et régionaux cy devant inconnues. Par Gabriel

Boule, marseillois, conseiller et historiographe du roy. A Orange, par Edouard Raban, imprimeur et libraire de Son Altesse, de la ville et université. 1647. In-8°.

VI. CHAMBELLAN (David). — Pia religiosa meditatio in sanctam Jesu Christi crucem et ejus vulnera. — Πεντίχλασμος. hoc est quinque planctus peccatricis animæ pœnitentis. — Docta et pia meditatio in psalmum L... et in psalmum CI... — Divinum officium de sacrosanctis Domini nostri Jesu Christi plagis. Parisiis, excudebat Petrus Galterus pro Claudio Garamontio. 1545. In-16.

> L'épître à Mathieu de Longuejoue, évêque de Soissons, que Claude Gara-
> mond a mise en tête de ce volume, contient de précieux détails sur
> David Chambellan, sur Jean de Gagny et principalement sur Claude
> Garamond lui-même. On y voit comment Garamond fut conduit à graver
> les types italiques qui ont servi à l'impression de ce volume. — A la suite
> se trouve relié :

Juvenci Hispani presbyteri Historia evangelica versu heroico descripta... Parisiis, excudebat Petrus Galterus pro Joanne Barbæo et Claudio Garamontio. 1545. In-16.

VII. CHARTREUX (Ordre des). — Praxis juris cartusiani in judiciis reddendis et poenis imponendis ex statutis desumpti, cum forma procedendi juridice in ordine nostro juxta usus ab antiquis observatos. Correriæ Cartusiæ, per Claudium Favre, typographum et bibliopolam Gratianopolitanum. 1695. In-8°.

VIII. COMMINES (Phil. de). — Cronicque et histoire faicte et composée par feu messire Philippe de Commines... Imprimé en mars l'an 1539. On les vend a Paris... par Alain Lottroian. In-8°.

IX. COSTE (Hilarion de). — Les éloges de nos rois, et des enfans de France qui ont esté daufins de Viennois, comtes de Valentinois et de Diois..., avec des remarques curieuses du pais et de la noblesse de Daufiné... par F. Hilarion de Coste, religieux de l'ordre des Minimes. Paris, chez Sebastien Cramoisy. 1643. In-4°.

Avec les deux suppléments, l'un de 7 et l'autre de 27 pages; le second manquait à l'exemplaire de la Bibliothèque nationale.

Exemplaire donné en prix, en 1741, au collège de La Marche à Paris (collegium Marchiano-Winvillæum).

X. DAUPHINÉ (Communautés villageoises du). — [Recueil de neuf pièces in-8°, dont la date est comprise entre les années 1607-1611, touchant les dettes des communautés villageoises du Dauphiné, savoir :]

1. Arrests du roy en son conseil privé faicts pour le soulagement des communautez villageoises et particuliers habitans d'icelles, de la province de Daulphiné, avec les mémoires, instructions, arrests et reglemens, sur lesquels Sa Majesté veut qu'il soit procédé à vérification... A la poursuitte et instance du sieur Claude Brosse, syndic des dictes com-

munautez, contre les créanciers d'icelles. A Lyon, et se vendent à Grenoble, en la boutique d'Ambroise Jaquemet, en la rue du Palais. 1607.

2. Arrest du roy, donné en son Conseil privé le 17 juin 1608... (pour le payement des dettes des communautés). A Lyon, pour Ambroise Jaquemet, libraire... à Grenoble. 1608.

3. Cayer présenté au roy par sieur Claude Brosse, scindic des communautez villageoises de Daulphiné, contenant plusieurs plaintes et doléances des dictes communautez, respondu au Conseil d'estat de Sa Majesté le 23 aoust 1608. A Lyon, et se vendent à Grenoble, en la boutique d'Ambroise Jaquemet. 1609.

4. Arrest donné par le Roy en son Conseil le dernier jour de septembre 1610 (touchant les dettes des communautés).

5. Arrest de Sa Majesté, donné en son Conseil d'estat, le dernier jour de septembre 1610..., avec l'arrest de la cour de parlement du dit pays (de Dauphiné) du 29e janvier 1611, portant que le dit arrest seroit leu, publié et enregistré. Le tout obtenu à la poursuitte du sieur Claude Brosse, sindic des communautez villageoises du dict pays. A Grenoble, par Guillaume Verdier. 1611.

6. Arrest et reglement faict en presence de monseigneur le mareschal de Lesdiguières par Messieurs les commissaires deputez par Sa Majesté à la veriffication et reduction des debtes des communautez villageoises de Daulphiné... Imprimé à Grenoble par Guillaume Verdier... 1611.

7. Stil et reglement dressé par la cour de parlement de Daulphiné sous le bon plaisir du roy, pour estre suivy et observé par les commissaires qu'elle a deputez à la veriffication des debtes des communautés villageoises et par les parties procedans par devant les dicts commissaires.

8. Arrest de la cour pour le despartement de messieurs les commissaires deputez à la veriffication des debtes des communautez de ce pays publiés (*sic*) en parlement le 8 aoust 1611.

9. Patantes de Sa Majesté concernant les debtes contractées au temps de l'affoiblissement des monnoyes. (5 décembre 1609.)

XI. DAUPHINÉ (Communautés villageoises du). — [Recueil de vingt et une pièces in-4°, dont la date est comprise entre les années 1634 et 1648, touchant principalement les tailles et les dettes des communautés villageoises du Dauphiné, savoir :]

1. Très humbles remonstrances au roy par les gens du tiers estat du Dauphiné, contre les deux premiers ordres et officiers de la mesme province. A Paris. 1634.

2. Arrest du conseil d'estat du roy portant règlement entre les ordres de la province de Dauphiné, sur la réalité des tailles, du dernier may 1634. A Paris, chez Jacques Dugast. 1634.

*

3. Arrest du Conseil d'estat du roy, donné en exécution et interprétation du règlement faict par Sa Majesté le dernier jour de may 1634... Ensemble la lettre que le sieur Brosse, sindic des communautez villageoises de Dauphiné, a escrite à ceux de son Ordre, sur le sujet du présent arrest. A Vienne... 1636.

4. Arrests du Conseil d'estat du roy pour l'augmentation de la portion congrue des curez de la province de Dauphiné jusqu'à 200 livres, du 28 juin 1636... (Autres arrêts du dit Conseil relatifs aux tailles, au port de l'arquebuse et à la chasse, et à l'établissement des commissaires et sequestres des biens saisis, tous du même jour.) A Vienne, par Aymé Pansard... 1636.

5. (Arrêt du Conseil d'état pour la surséance du paiement des dettes des villes et communautés de Dauphiné. 7 juin 1636.)

6. Arrests du Conseil d'estat du roy extraicts aux originaux. A Vienne, par Aymé Pansard... 1637. (1. Arrêt du 8 juin 1636 pour le syndic des communautés villageoises de la province de Dauphiné. — 2. Arrêt du 30 août 1636 pour les faussonnages. — 3. Arrêt du 20 décembre 1636 interdisant les assemblées de l'ordre de la noblesse. — 4. Arrêt du 31 décembre 1636, portant décharge des cottes de certains condamnés. — 5. Arrêt du 21 février 1637 déboutant les récusations proposées contre monseigneur de Talon.)

7. Arrests du Conseil d'estat du roy, du 31 mars 1637, pour le logement et payement des gens de guerre, et continuation de la sursoyance des debtes des communautez de la province de Dauphiné, pour deux années.

8. Arrest du Conseil d'estat de Sa Majesté contenant que les qualifications et quittances de ban et arrière ban ne pourront servir de tiltre à ceux qui se prétendent nobles... 23 mai 1637.

9. (Arrêt du Conseil d'état du 23 avril 1637 autorisant les receveurs particuliers des élections à remettre certaines cottes au receveur général de la province.)

10. (Arrêt du 22 août 1637 au sujet des assemblées des nobles de la province.)

11. (Arrêt du 29 août 1637 pour la surséance des dettes des communautés.)

12. (Arrêt du 25 août 1635 pour le paiement des tailles dues par les officiers du parlement de Grenoble, etc.)

13. (Ordonnance de l'intendant Jacques Talon pour le paiement des dites tailles. 7 août 1635.)

14. Arrest et règlement du Conseil d'estat du roy sur les différens des trois ordres de la province de Dauphiné, du 6 avril 1639.

15. (Arrêt du 24 octobre 1639 portant règlement pour la levée des tailles en Dauphiné.)

16. (Arrêt du 2 avril 1648 pour assujettir à la taille tous les héritages possédés par personnes taillables jusqu'au 1er mai 1635, etc.)

17. Modelle qui doit estre observé en chacune communauté pour attester des biens acquis en la province de Dauphiné.

18. (Arrêt du 5 juin 1647 pour les dettes des communautés du Dauphiné.)

19. (Arrêts pour les dettes des communautés. 25 juin 1636, 26 mars 1639, 28 septembre 1639, 31 mars 1640.)

20. (Arrêt du 11 août 1646 pour la vérification et réduction des dettes des communautés.)

21. (Arrêts pour le paiement des dettes des communautés, et pour le rachat et réduction des rentes en grain. 11 mars 1648.)

XII. Dauphiné (Cour des aides de). — Recueil contenant :

1. Le stil de la cour des aydes et finances de Dauphiné, séante à Vienne, avec le règlement de la dite cour du 13 mars 1640 sur la forme de l'imposition et levée des tailles de la dite province. Seconde édition. Vienne, Claude Baudrand. 1656. In-8°.

2. Règlement faict par la cour des aydes et finances de Dauphiné... publié en l'audience, le 13 mars 1640. Vienne, Claude Baudrand. 1656. In-8°.

3. Abrégé du stil de la cour des aydes et finances de Dauphiné. Vienne, Claude Baudrand. 1656. In-8°.

XIII. Dictys. — Trojana historia Dyctys Cretensis. Sans lieu ni date. [Cologne, Ulric Zell.] In-4°. (N° 6154 de Hain.)

XIV. Du Puy (Charles). — Discours en forme de cantique sur la vie et mort de Charles du Puy, seigneur de Montbrun et de Ferrassières, gentilhomme daulphinois, bon serviteur de Dieu et de la couronne de France, faict par B. D. L. R. D. Imprimé l'an de Christ 1576. In-8° de 16 feuillets.

XV. École d'amour. — L'escole d'amour ou les héros docteurs, par M. D. L. C. Grenoble, Robert Philippes. 1665.

Ce titre est en tête d'un cahier de six feuillets, contenant une épître de R. Philippes au comte de Sault et un sonnet de C. de Mallesalz. Après ce cahier vient le titre véritable et original :

L'escole d'amour, ou les héros docteurs, par M. D. L. C. A Paris, par la Société des imprimeurs et libraires du Palais. 1665. In-12.

L'ancien catalogue manuscrit de la Bibliothèque nationale, où cet ouvrage est porté au nombre des desiderata, l'attribue à Alluis.

XVI. Extrait de plusieurs saints docteurs. — Extraict de plusieurs sainctz Docteurs, propositions, dictz et sentences, contenant les graces, fruictz, profitz, utilitez, louanges du très sainct et digne sacrement de l'autel. Paris, pour Pierre Corbault. In-8°.

Au bas de la première page du second cahier, à gauche de la signature B, se lisent les mots : *Suffrages. Picar.*

Ce livre d'église, en français, imprimé en caractères gothiques, contient, entre autres morceaux :

L'Office de Nostre Dame de Pitié. (Cahier D.)

Manière de bien vivre dévotement et salutairement par chacun jour pour hommes et femmes de moyen estat, composée par maistre Jean Cantin, docteur en théologie. (Cahier E.)

Cy commence une petite instruction et manière de vivre pour une femme séculière... A Paris, pour Pierre Corbault. (Cahier F.)

S'ensuyvent plusieurs devotes oraisons et méditations sur la mort et passion de Nostre Seigneur Jesus Christ... A Paris, pour Pierre Corbault. (Cahier J.)

Le voyage et oraisons du mont de Calvaire de Romans en Daulphiné fort devot et contemplatif[1]. (Cahiers J et K.)

Le salut de la Vierge Marie, lequel se *chante communément au dessous* de la saincte chapelle à Paris. (Cahier L.)

S'ensuyvent les quinze effusions du sang de nostre Sauveur et redempteur Jesus Christ... A Paris, par Thomas Sevestre pour Pierre Corbault (cahier ¶).

La vie de madame saincte *Marguerite vierge et martyre, avec son* antienne et oraison. (Cahier A.)

XVII. FLORE ET BLANCHEFLEUR. — L'Histoire amoureuse de Flores et Blanchefleur s'amye, avec la complainte que fait un amant contre Amour et sa Dame, le tout mis d'espagnol en françois, par maistre Jaques Vincent, aumonier de monsieur le conte d'Anguien. A Paris, de l'imprimerie de Michel Fezandat, au Mont Sainct Hilaire, à l'hostel d'Albret. 1554. In-8.

La seconde partie du volume est intitulée :

La complainte et avis que fait Luzindaro, prince d'Æthiopie, à l'encontre d'Amour et d'une dame, continuée jusques à leur fin, mise de grec en castillan, puis translatée en françois, par Jaques Vincent du Crest Arnauld en Daulphiné, aumonier *de monsieur le conte d'Anguien.* A Paris. 1554.

XVIII. GRENOBLE (Pénitents blancs de). — Statuts, reiglemens et ordonnances des frères pénitens blancs de la ville de Grenoble, fondez à l'instar de ceux de la grande société de Nostre Dame du Confalon de

---

1. Opuscule de dévotion composé à l'occasion du chemin de la croix qui fut établi à Romans vers *l'année 1516, époque à laquelle deux cordeliers, Ange de* Linx, de Beauvais, et Laurens Morelli, de Saint-Jean de Maurienne, « ont dict en preschant en la chaire de verité la dicte ville de Romans estre semblable à la cité de Hierusalem. » — Voyez plus bas, n° XXII.

Rome. A Grenoble, chez Pierre Verdier, imprimeur du Roy. 1632. In-8°.

XIX. Grenoble (Statuts synodaux de). — Constitutiones synodales a R. in Christo P. et D. domino L. Alamando, Dei et Sanctæ Romanæ ecclesiæ gratia episcopo et principe Gratianopolitano, instauratæ. Lugduni, venundantur apud Joannem Martin, bibliopolam, in vico Palatii. 1548. In-8°.

(A la fin :) Impressum Lugduni, apud Dionysium Hersæum typographum, anno Domini 1548.

XX. Guérin de Montglave. — Histoire du noble preux et vaillant Guerin de Montglave, lequel fit en son temps plusieurs illustres faicts d'armes, aussi des grands et merveiilleux combats que firent Robastre et Perdigon, pour secourir Guerin et ses enfans. A Lyon, par Benoist Rigaud. 1585. In-8°.

XXI. Heures. — Grandes Heures de Simon Vostre. « Ces presentes heures à l'usaige de Romme sont au long sans requerir, et ont esté faictes pour Symon Vostre, libraire, demourant à Paris, à la rue Neuve Nostre Dame, à l'enseigne sainct Jehan l'evangeliste, par Philippe Pigouchet. » Vers l'année 1502. In-8° sur vélin.

> Ces Heures doivent être rangées parmi les chefs-d'œuvre de Pigouchet. L'exemplaire de M. Giraud est admirablement conservé; les gravures y sont restées en noir; la reliure en velours rouge est garnie de fermoirs et de coins en argent ciselé; sur les plaques qui ornent le milieu des deux plats se voient les armes du cardinal Georges d'Armagnac, l'un des prélats français du xvi° siècle qui ont rendu le plus de services aux lettres et aux arts.

XXII. Instruction (Petite). — Cy commence une petite instruction et manière de vivre pour une femme séculière... Imprimée à Troyes, chez Jean Le Coq. — S'ensuyt une devote méditation sur la mort et passion de Nostre Sauveur et redempteur Jesu Christ... — Le voyage et oraisons du mont de Calvaire de Romans en Dauphiné. — Extraict de plusieurs sainctz docteurs... contenans les graces, fruicts, profits, utilitez et louanges du sainct et digne sacrement de l'autel... — In-8°.

> Ce livre de dévotion contient une partie des morceaux renfermés dans le volume qui est enregistré ci-dessus sous le n° XVI.

XXIII. Jeanne d'Arc. — Jeanne d'Arc natifve de Vaucouleur en Lorraine dite la Pucelle d'Orléans. A Troyes, chez Edme Briden, au nom de Jesus. 1621. In-8°.

(A la fin :) Achevé d'imprimer le 15 juillet 1622 en la maison de Edme Briden, libraire et imprimeur, en la ruë Nostre Dame, au nom de Jesus, à Troyes.

> Ce volume comprend : 1° Histoire de la pucelle d'Orléans; 2° Histoire du siège qui fut mis par les Anglois devant la ville d'Orléans...; 3° Antiquité

de la ville d'Orléans et choses plus notables d'icelle, fidèlement recueillie des cosmographes et historiens qui en ont escrit, par Leon Trippault. Exemplaire de Secousse.

XXIV. La Rivière (Louis de). — Histoire de la vie et mœurs de Marie Tessonnière, native de Valance en Dauphiné, composée et divisée en quatre livres, par le R. P. Louys de La Rivière, minime théologien... Lyon, Claude Prost. 1650. In-4°.

XXV. Longueil (Christophe de). — Clarissimi oratoris, bonarum artium cultoris, ac juris et legum doctoris locupletissimi, hac nostra tempestate memoria, eloquutione triumque linguarum peritia singularis, ac illustrissimi principis Augulismensis aulici, domini Christofori a Longolio panegyricus in civilis sapientie laudem, dum prolytharum infulis, apud Delphinates, in florenti et famoso Valentino gynnasio per magnificum senatorem dominum Philippum Decium donaretur... — (A la fin :) Ut complurimorum morem gereret voluntati, sua impensa presentem panegyricum in formis redigendum curavit Valentie dominus Ludovicus Olivelli, universitatis ejusdem bibliopola juratus, octavo nonas septembris, anno Domini mil. vc. XIIII. — In-4° de 12 feuillets.

XXVI. Pape (Gui). — Consilia domini Guidonis Pape cum repertorio. Lugduni, in officina calcographica Joannis Crespin, alias du Carre. 1533, mensis februarii die 11. In-8°.

XXVII. Pape (Gui). — Decisiones parlamenti dalphinalis Grationopolis, per quondam eximium juris utriusque doctorem dominum Guidonem Pape... [una cum additionibus... Anthonii Rambaudi et Johannis de Gradibus.] Lugduni, Jacobus Myt. 1516, die 4 mensis Aprilis. In-4°.

XXVIII. Pontaymeri (A. de). — La cité de Montelimar, ou les trois prinses d'icelle, composées et rédigées en sept livres par A. de Pontaymeri, seigneur de Foucheran. 1591. Petit in-4°.

Ce poème est dédié à monseigneur Desdiguières.

XXIX. Romans (Bréviaire de l'église de). 1518.

Le premier feuillet de ce précieux volume, qui devait contenir un titre, a disparu et a été remplacé par un feuillet sur lequel une main du xvii° ou du xviii° siècle a tracé, en noir et en rouge, le titre suivant : « Breviarium ecclesiæ S. Barnardi de Romanis. Impressum Meymanis. m.d.xviii. » Ce bréviaire, de format in-16, se compose d'un cahier préliminaire signé +, qui contient le calendrier, et d'une série de cahiers signés a-zz, comprenant au moins 554 feuillets, numérotés de i à ccccliiii. A la suite du calendrier, on y trouve :

1° (fol. 1) le psautier, suivi des litanies et des hymnes. « In nomine Domini nostri Jesu Christi incipit breviarium seu ordo dicendi horas ad usum insignis ecclesie collegiate Beati Barnardi de Romanis sacrosancte Romane ecclesie immediate subjecte, ab eodem sancto Barnardo Viennensi archiepiscopo in honorem sanctorum apostolorum Petri et Pauli necnon sanctorum Severini, Exuperii et Feliciani in ipsa quiescentium fundate. »

2° (fol. cvii) le propre du temps, précédé de cette rubrique, en tête de la seconde colonne du fol. cvi : « In Christi nomine. Amen. Incipit Breviarium secundum usum insignis ecclesie collegiate beati Barnardi de Romanis in Viennensi diocesi site. Sabbato ante primam dominicam adventus Domini ad vesperas antiphone et psalmi feriales. Capitulum. »

3° (fol. ccclxi) le propre des saints, avec cette rubrique imprimée sur le feuillet précédent : « Incipiunt festivitates sanctorum per anni circulum... »

4° (fol. ccccc xxxiii verso) le commun des saints : « Incipit commune sanctorum officia propria non habentium. »

Le dernier feuillet de l'exemplaire est signé zz ii et numéroté ccccc liiii; il est probable qu'il devait être suivi de plusieurs feuillets dont la perte nous prive de la souscription finale.

L'impression est en caractères gothiques, en rouge et en noir, sur deux colonnes, à 32 lignes par colonne. L'office de chacune des principales fêtes est orné d'une gravure et d'un encadrement. Il convient de remarquer l'image de saint Barnard qui occupe la moitié du fol. ccclxxxvi recto.

Un second exemplaire de ce Bréviaire, possédé par M. l'abbé Ulysse Chevalier[1], est également incomplet des derniers feuillets, mais il contient, en caractères manuscrits, du xviie ou du commencement du xviiie siècle, la copie de la souscription par laquelle se terminait le Bréviaire, et qui est ainsi conçue :

Breviarium ad usum insignis et collegiate ecclesie sancti Barnardi de Romanis, sancte Romane ecclesie immediate subjecte, finit feliciter. Et quia breviaria dicte ecclesie nunquam alias fuerunt impressa, attendentes egregii venerandique patres domini de capitulo dicte ecclesie quod tam ex indebita ordinatione breviariorum per pridem ad manum scriptorum quam ex discrepantiis antiquarum rubricarum officium debito modo dici non poterat, presertim ab eis quos ex justa causa dictam ecclesiam absentare contingit, deputaverunt egregios[2] et venerabiles viros dominos Antonium de Plastro, canonicum et claverium, Guigonem Reymondi, thesaurarium, Karolum de Arzago hebdomadarium et subcabiscolum, Humbertum Milhardi, Guillermum Alexi, et Antonium Guiffredi, presbiteros incorporatos et ab infantia in dicta ecclesia nutritos, ad tollendum errores et discrepantias declarandumque ea que prius dubia videbantur, qui sagaci indagine opus hoc correxerunt. Fuit autem incepta impressio in dicto oppido de Romanis, et finita in loco de Meymanis, in domo prefati domini Reymondi, sumptibus prefati venerabilis capituli, arte vero et industria honorabilis viri Joannis Bellon, civis Valentie[3], impressoris, anno incarnate deitatis millesimo quingentesimo decimo octavo, die 7a Julii.

1. M. l'abbé Chevalier a donné en 1865 la description de cet exemplaire, dans le *Bulletin du bibliophile*, série XVI, p. 395-398.

2. La copie porte *egregium*.

3. Dans la copie, on lit en toutes lettres *Valentiæ*.

Il résulte de cette souscription que l'imprimeur Jean Bellon, de Valence, fut appelé à Romans pour imprimer un bréviaire à l'usage du chapitre de Saint-Barnard, qu'il en commença l'impression dans la ville même de Romans et qu'il la termina le 7 juillet 1518 à Meymans[1], dans une maison appartenant à Guigue Reymond, trésorier de l'église de Saint-Barnard. M. Giraud suppose, avec beaucoup de vraisemblance, que Jean Bellon, chassé de Romans par l'invasion de la peste, acheva son travail dans un domaine rural où avait dû se réfugier une partie du chapitre. — Cette hypothèse se trouve confirmée par la souscription d'un Missel de Meissen, qu'a bien voulu me signaler M. James Weale et qui nous apprend comment l'évêque Jean de Salhausen fit imprimer ce livre : « ... per industrium Conradum Kachelofen, hujus impressorie artis magistrum, oppidique Lipsensis concivem, in oppido eodem inchoari atque grassante pestifero morbo in oppido Freiberg perfici et feliciter finiri procuravit, die lune mensis Novembris nona 1495[2]. »

XXX. Romans (Second bréviaire de). — Breviarium ad usum insignis et collegiatæ ecclesiæ Beati Barnardi de Romanis. Lugduni; sumptibus Guillielmi Linocerii. 1612. In-16. — (A la fin :) Impressum Lugduni, in typographia Joannis Poyet, civis Lugdunensis, anno a partu Virginis 1612, die duodecima mensis Aprilis.

XXXI. Saillans (Gaspar de). — Premier livre de Gaspar de Saillans, gentilhomme citoyen de Valance en Dauphiné... A Lyon, par Jacques de la Planche. 1569. In-8°.

  « Ce premier [livre] est divisé en trois parties, la première desquelles est du mariage de l'auteur avec damoiselle Loyse de Bourges, lyonnaise; la seconde de leurs fiansailles, et la troisième de leurs nopces; et y sont aucunes lettres missives familièrement escrittes au vray. » (Extrait de la Déclaration mise en tête de l'ouvrage.)

XXXII. Saint-Marcellin (Style de). — Stylus curiae majoris Viennesii et Valentinesii ballivatusque sive præfecturæ Sammarcellinensis, cum notis Claudii de La Grange, in eadem curia suppræfecti... Lugduni, apud Benedictum Rigaudum. 1581. In-8°.

  Exemplaire qui fut offert en 1605 par Scipion Guilliet à Arthur de Lyonne.

XXXIII. Sottie. — Sottie à dix personnages jouée à Genève en la place du Molard, le dimanche des Bordes, l'an 1523. A Lyon, par Pierre Rigaud. In-8°. — (Réimpression.)

XXXIV. Sydrach. — Le livre que Sydrach philosophe a fait, lequel livre est la Fontaine de toutes sciences, imprimé à Valence, l'an 1513, et le 25 d'aost. Marque de Jehan Belon. In-4°.

---

1. Meymans est aujourd'hui une dépendance de la commune de Beauregard (Drôme), arr. de Valence, cant. Bourg-de-Péage.

2. Panzer, *Annales typographici*, t. I, p. 483, et Hain, *Repertorium*, t. III, p. 432, n° 11327.

XXXV. Theramo (Jacobus de). — Processus Luciferi contra Jhesum coram judice Salomone.

> Impression gothique, à deux colonnes, 41 lignes à la colonne. Sans chiffre, réclame, ni signature. In-folio. Maroquin rouge. Exemplaire de Girardot de Préfond. N° 649 de Boutourlin.

XXXVI. [Thyard (Pontus de)]. — Erreurs amoureuses. A Paris, par la veufve Guillaume le Bret, au Clos Bruneau, à l'enseigne de la Corne de Cerf. 1554. In-16.

(La seconde partie du volume est intitulée :) Continuation des erreurs amoureuses, avec un chant en faveur de quelques excellens poetes de ce tems. 1554.

(A la fin :) Imprimé à Paris, par Jehan Langlois, pour la veufve Guillaume le Bret, au Cloz Bruneau, à l'enseigne de la Corne de Cerf, le cinqiesme jour de janvier 1554.

> La continuation des Erreurs amoureuses est d'Antoine Du Moulin. — Exemplaire relié aux armes de Madame de Pompadour.

XXXVII. Tibulle. — Clarissimorum poetarum Tibulli, Catulli et Propertii, cum eorum vita, opera Regii Lepidi accuratissime impressa, auctoribus Prospero Odoardo et Alberto Mazali Regiensibus, anno salutis 1481, 19 kalendas Octobris. In-folio. (Panzer, t. II, p. 392, n° 2.)

XXXVIII. Tournon. — La triomphante entrée de noble et très illustre dame madame Magdeleine de La Rochefocaud, espouse de hault et puissant seigneur messire Just Loys de Tournon, seigneur et baron du dict lieu, comte de Roussillon, etc., faicte en la ville et université de Tournon, le dimenche vingt quatriesme du moys d'avril 1583. A Lyon, par Jean Pillehotte, à l'enseigne du Jesus. 1583. Petit in-8°.

> Manquent le premier et le dernier feuillet du cahier A. — L'auteur du recueil est Honoré d'Urfé, chevalier de Malte.

XXXIX. Turre Cremata (Jo. de). — Johannis de Turre Cremata, cardinalis Sancti Sixti vulgariter nuncupati, explanatio in psalterium. Per Johannem Schüssler, civem Aug., impressa, anno Domini 1472, pridie nonas mayas. In-folio. (N° 15696 de Hain.)

> Du même ouvrage la Bibliothèque nationale possédait déjà quinze autres éditions du xve siècle.

Les livres donnés par M. Giraud resteront réunis en un seul groupe, ce qui n'empêchera pas d'inscrire chacun d'eux à la place qui lui convient dans nos différents catalogues ou répertoires. Ils seront mis à part dans une armoire de la Réserve, avec une inscription qui rappellera le nom du bienfaiteur à qui nous sommes redevables d'un tel acte de libéralité.

P. S. — Au moment même où les pages qu'on vient de lire étaient publiées dans le *Journal officiel*, M. Giraud mettait le comble à ses générosités en offrant quatre volumes précieux au département des manuscrits, savoir :

I. Bréviaire de l'église de Saint-Barnard de Romans, comprenant :

1° (fol. B) un calendrier, dont le premier feuillet, consacré aux mois de janvier et février, a disparu à peu près complètement, il est précédé (fol. A verso) d'un avertissement sur la manière de trouver les jours de nouvelle lune.

2° (fol. 1) le psautier, dont les deux premiers feuillets ont été arrachés.

3° (fol. 92 v°) le propre du temps. « Sequitur officium adventus Domini... »

4° (fol. 265) le propre des saints. « Incipit sancturiale, seu ordo officii de sanctis per circulum anni observandum. »

5° (fol. 395) le commun. « Incipit commune sanctorum. » A la fin de cette partie, le copiste a mis (fol. 416 verso) cette souscription : « Cest breviere fut acommencé l'an de grace mille IIII^c LXXXI, et le premier jour d'avril, par Estienne de l'Isle, et fut finé le dit breviere le xxe jour de septembre et l'an dessus dit. » — A la suite (fol. 417) a été ajouté l'office de la Visitation.

> Volume sur parchemin, de 423 feuillets, cotés A-H et I-CCCC XX, plus un feuillet XVII bis : manquent les feuillets 1, 2, 7, 8, 263 et 264 ; les feuillets 17 et 17 bis ont été refaits ; les feuillets B et 17 bis sont mutilés. 195 millimètres sur 133. Écriture sur deux colonnes, de l'année 1481, comme porte la souscription du fol. 416 verso, de laquelle il résulte que le copiste a mis cinq mois et demi pour transcrire un bréviaire complet, d'environ 424 feuillets.

II. Recueil des privilèges du Dauphiné, consistant principalement en lettres émanées des rois de France et des dauphins, au XIVe et au XVe siècle.

> Volume sur parchemin de 88 feuillets, plus cinq feuillets préliminaires cotés A-E. 248 millimètres sur 198. Écriture de la seconde moitié du XVe siècle. Lettres ornées et enluminées au commencement des principales pièces. L'H initial de la première pièce (fol. 1) nous offre un dauphin avec une fleur de lis couronnée.

III. Compte de la dépense et de la recette faite au nom du chapitre et de la ville de Romans en 1509, pour la composition, la mise en scène et la représentation du jeu des trois martyrs, saint Severin, saint Exupère et saint Phelixien.

> Cahier de 58 feuillets de papier. 290 millimètres sur 205. A la suite sont reliés (fol. 61-80) des notes et extraits relatifs à ce compte, qui a fourni à M. P. E. Giraud la matière d'une fort intéressante publication : *Composition, mise en scène et représentation du Mystère des trois Doms joué à Romans les 27, 28 et 29 mai aux fêtes de Pentecôte de l'an* 1509. Lyon, L. Perrin. 1848. In-8°.

IV. « Testament de noble et puissant seigneur messire **Aymar Rival**, seigneur de la Rivallière, Blagnieu et Lieudieu, chevallier et consellier du roy. » 16 juillet 1567. (L'endroit où se trouve la date du testament a été endommagé ; on ne lit plus de cette date que : *l'an mil cinq centz .....ante et sept, le seziesme jour du moys de juillet.*) — Expédition authentique, datée du 13 mars 1574.

Cahier de 13 feuillets de papier. 280 millimètres sur 200. — Un archiviste du xvmᵉ siècle a mis sur la couverture de ce cahier la date : 15 mars 1567 et la cote nᵒ 773.

A la suite sont reliés 34 feuillets (17-50), sur lesquels sont différentes notes de M. Giraud relatives à Aymar Rival ou à la famille de ce personnage. On peut voir à ce sujet l'opuscule de M. Giraud intitulé *Aymar du Rivail et sa famille...* Lyon, L. Perrin. 1849. In-8°.

Je ne puis mieux terminer cette notice qu'en insérant ici un passage de la lettre que M. Giraud m'écrivait le 20 octobre 1881, à propos du rapport imprimé dans le *Journal officiel :*

« Je serai heureux, disait-il, si le rôle brillant que vous avez bien voulu m'y donner peut engager quelques amateurs de province, possesseurs de bibliothèques locales, à vous communiquer leurs catalogues, afin de vous éclairer sur l'existence de livres que la Bibliothèque nationale ne possède pas et qu'elle aurait cependant intérêt à connaître et à posséder. C'est le moyen de rendre de plus en plus *national* un établissement qui doit être le grand dépôt des produits de l'intelligence et de l'activité littéraire de tous les enfants de la France.

« Vous pouvez me citer en exemple : car, aujourd'hui, malgré le léger sacrifice que j'ai fait de quelques volumes, dont je jouis encore, puisqu'ils sont placés sous mon nom à la Bibliothèque nationale, ma propre bibliothèque, grâce à votre participation, a plus de prix à mes yeux. »

(**Extrait** de la *Bibliothèque de l'École des chartes*, t. XLII, 1881.)

www.ingramcontent.com/pod-product-compliance
Lightning Source LLC
Chambersburg PA
CBHW061734180626
46818CB00006B/2617